COMEDIE
ADMIRABLE.
INTITVLEE
LA MERVEILLE.

Où l'on voit comme vn Capitaine François, esclaue du Soldam
d'Egypte, transporté de son bon sens, se donne au Diable pour
s'affranchir de seruitude, lequel il trompe mesme subtillement
pour quoi il fut contrainct luy rendre son obligation.

A ROVEN,
Chez Abraham Cousturier, au bas de la rue Escuyere.

ARGVMENT DE LA PRESENTE,
COMEDIE.

Lodoar Capitaine experimenté à la marine & a
plusieurs autres honnestes exercices, s'estant em-
barqué au port de Barcelonne, ambitieux de voir le
monde, arriua finallement, apres auoir affranchi diuers
perils sur la riue du Nil, non fort loing du Caire de
Babylone ; où estant descendu seul sur le riuage, il fut
pris par deux Sattrapes, commis du Soldam d'Egypte,
commis pour expier les estrangers. Amené deuant sa
Majesté, il s'informe de quelle exercice il estoit, à quoy
ayant respondu qu'il sçauoit faire de rares & superbes
bastimens & edifices ; il demeure d'accord auec le Soldam de bastir vn Chasteau en deux ans de temps sur la
riue d'Euphrate pour racheter sa vie : Lequel voyant
ne pouuoir achouer en si bref temps, hors de soy, il in-
uocqua l'ennemy & se donna à luy, à la charge qu'il
rendroit le Chasteau prest au temps prefix, & luy bail-
leroit & feroit tout ce qu'il luy demanderoit & com-
manderoit. Or cela acheué, Flodoar de retour au pays
par l'artifice du diable, auec les richesses du Soldam, a-
fin de s'exempter de la seruitude de ce demó, luy commande de luy bastir vne tour, dont le fondement soit
assis au profond des enfers, & le sommet iusques aux
nües, & de luy emplir d'or & d'argent : à quoy le diable
ne pouuant subuenir, apres plusieurs discours, il est
contrainct par le commandement de lucifer, de rendre
l'obligation malgré luy au Capitaine Flodoar : ce qui
est rare & peu cogneu pour la rareté de l'histoire,

AV LECTEVR.

SONNET.

On pourroit bien tromper le cauteleux Vlysse
Quand il seroit viuant en ce vaste vniuers:
Voire l'Ambassadeur fils de Maye au yeux verds,
Bien qu'il soit dicoré de cautelle & malice.

Les mariniers prudents esuitent le blandice
Des Nymphes d'Achelos en sillonnans les mers:
Mais las! bien rarement l'on franchit les enfers
Quand l'on offre aux demons sa vie en sacrifice:

Ce Capitaine seul entre plusieurs humains
A secoüé son ioug & ses fers inhumains,
Comme vous pourrez voir dans ceste Comedie.

Mais cependant Lecteurs, surpris en ces appas
Dans ce Cocyte obscur ne vous eslancez pas
Pour n'estre un iour priuez de la celeste vie.

SVR LA COMEDIE

PRESENTE.

SONNET.

LE graue Flodoar, ne redoutant d'Eole
Les rigoureux assaux ny les legers autans,
Ambitieux de voir en la fleur de ces ans,
Nauigea sur l'heris de l'vn à l'autre pole.

Lassé ce neant-moins de virer la boussolle
Apres auoir franchy plusieurs gouffres & bancs,
Et dompté la fureur des impetueux tirans
Il ce voit des damnez escrit dessus le rolle.

Ne perdant toutesfois le courage & le cœur
Pour auoir mesme encor esperançe au Seigneur,
Il commande à Pharos vne telle entreprise,

Qu'il ce void deliuré, imitant le renard
Qui subtil & ruzé esgaré à l'escart
Faict aux chiens des veneurs souuent perdre la prise.

A iij

ACTEVRS.

Sarono premier Sattrape du Soldam.
Raphin second Sattrape.
Flodoar Capitaine François.
Le Soldam d'Egypte.
Bosphoron Lieutenant.
Turly premier manouurier.
Vandalon second manouurier.
Pharos demon infernal.
Le courrier du Soldam.
Lucifer.

COMEDIE
ADMIRABLE.

INTITVLEE,
LA MERVEILLE.

ACTE PREMIER.

SCENE I.

Premier Sattrape, second Sattrape, Flodoar, Sarouw.

Premier Sattrape.

ARHIN i'ay defcouuert vn celebre nauire
Que le vagueux Neptun, & le fouef Zephire
Ont guidé doucement prés de ce port de mer,
Il nous faut de courage & hardieffe armer,
Au moins de butiner les biens & la finance
Qui detient enferrez dedans fa creufe pance,
Ce font Chreftiens ce femble à voir leurs pers guidons

Ennemis coniurez de nostre nation,
Voire, dis-je François, car leur face courtoise
Me font croire qu'ils sont de la terre Françoise.
Sus, sus vengeons nous donc de ce que sainct Louys
Leur inuincible Roy fit à nostre pays,
Alors qu'ayant Thetis de gensdarmes couuerte
Il vient fier assieger le Cayre & Damiette:
Voire, dis-je & planter ces riches pauillons
Sur la riue du Nil & en ces enuirons,
Car si nous les laissons ancrer en ce riuage,
Ils nous apporterons plus de perte & dommage
Qu'il ne vous est aduis, ils sont tous belliqueux
Aux armes tres-adroits, aux combats genereux
Ainsi que le grand Mars plein de force & prouesse;
Bref si on ne les prend par subtille finesse,
Par ruse, par aguet, par force ou trahison,
On ne peut auoir deux nullement la raison.

                    Raphin second Satirape.
Ils ont trop veu le loup il ne faut plus qu'il viue,
Mais laissons les ancrer au bord de ceste riue.
Et uous les guetterons dans ce bois à l'escart
Comme le Lyon roux fait le ruzé renard
Ils ne sont pas grands gens l'augure en est certaine,
Et croy qu'il n'y a chef, Seigneur, ne Capitaine,
C'est tout vn Saronon, guettons-les prudemment,
En voila des-ja vn qui à terre descend,
Haut gros & refroigné, portant vne pannache,
Et aux leures des crocs releuez en moustache,
Qui agille s'estant de la nef iette bas
Iette tousiours les yeux dessus son coutelas,
Il marche fierement, il est fort & adextre,

Et croy que du vaisseau il est nocher & maistre,
Or guettons bien cestuy cesera assez faict
A cil qui luy mettra la main sur le collet.

Flodoar Capitaine.

C'est assez longuement sur la mer pris son erre,
Et bransler l'auiron sans mettre pied à terre,
Car i'ay des-ja passé esprouuant maint hazard
Le Cap de sainct Vincent, & l'estroit Gilbartart,
Où le grand Herculles pour immortelles bornes
D'vn bras victorieux esleua ces coulonnes,
Le terroir Mauritain, Maroque, & fais encor
Le froidureux Atlas, & le fleuue Sauuor,
Le port de mer Doran, la fiere Barbarie,
Le fleuue de Sisare, & toute Numidie,
Tant que ie suis venu aux peuples alterez
Que bazane Phœbus de ces rayons dorez.
I'ay veu le fleuue Amphage, & Arzer la gentille,
Bizance, Bragadas, & Hipon la virille
Où le Roy du pays pour le vous faire court
Assisté des Seigneurs tient sa fameuse Court,
Car il a confirmée & cree Royalle,
Les peuples de ce lieu transportent leur Marpalle,
Et leurs toicts casaniers, voire leurs creux casots
Où gist leur volonté dedans des chariots,
Il m'en souuient tresbien, or, apres de courage
Vtique ie passay, & Thunes & Carthage,
Non assise fort loing des paluds Tritonis,
La ville de Cipon, & le fleuue Cinips
Apres auoir franchy la Prouince des Sirtes,
Où singlant en la mer nous prismes tous la fuite,
Parce qu'ils nous tiroyent vn grand nombre de traicts,

Or ayant esuité leurs furieux attraicts
Qui ne demandoyent moins que nostre chere vie,
Nous feusmes en Lybie & en Alexandrie,
Puis en apres auoir ramé de diuers fil
Au port ou non (anchron) proche voisin du Nil,
Et ne sommes pas loing du Cayre que ie pense
Dont i'ay dedans mon cœur grande resiouyssance,
Car apres l'auoir veu & son baume excellent,
Ie veux voir Damiette & le tour de Salem,
Et Syrie & Damas, & les superbes villes
Qui sous l'aisle du Turc sont maintenant seruilles:
I'ay laissé tous mes gens sur le bord de la mer
Afin de m'en venir icy me pourmener,
Pour voir si ie verray quelque lieu ou repaire
Qui me tesmoignera si ie suis loing du Cayre,
Car mes plus chers esbats, & mes plaisirs diuers
Sont de voir le circuit de ce grand vniuers
Que ie verray premier, Dieu aydant, que ie meure.

Sarono premier Satrape.

Vous en aurez menty, sus Chrestien qu'on demeure,
Et qu'on rende ce glaiue ou de force ou de cœur
Si vous ne desirer sentir nostre fureur:
Voire, encor de nos bras l'inuincible tempeste
Sur l'indigne sommet de ta peruerse teste.

Flodoar Capitaine.

Hé! qui sont ces pendars qui me viennent corser
En passant mon chemin, & mes armes piller.
Qui sont ces bazanez, & ces traistres perfides
Qui guettent les vaisseaux pres de ce port humide:
Estes vous des larrons, estes vous des volleurs,
Des pirates de mer, ou bien des escumeurs,

Veu que vous saisissez tellement ma personne.

Raphin second Sattrape.

Nous sommes au Soldam du Cayre & Babylonne,
Lequel nous a commis à garder sur ces mers,
Afin que les vaisseaux & nochers estrangers
N'allassent plus auant sur le dos de Nerée.

Sarono premier Sattrape.

Mon ami ceste chose est vraye & asseurée,
Nous en auons du Roy bonne commission.

Flodoar Capitame.

Qu'ay-je affaire du Roy & de sa Babylon?

Raphin second Sattrape.

Ne vous debattez point si vous auez enuie
Que deuant sa presence on vous presente enuie:
Car si vous murmurez ou faite aucun effort
Nous vous mettrons soudain de nos glaiues à mort.

Flodoar Capitaine.

Si vous ne m'eussiez pris! ô poltrons mon espée,
Ie vous l'eusse des-ja dans le gosier trempée:
Mais quoy! faut-il ô Ciel, que les chemins passans
Soyent remplis & couuerts de ces traistres meschans,
Qui ne se plaisent à rien qu'a voller les Nauires
De marchandise plains, ou ceux là qui desires
Admirer l'vniuers, ha! perfides goujars,
Ha! chetifs champions, ha! gueux non vray Soldats,
Si i'auois mon estoc, regardez bien ma trongne,
Ie vous taillerois cy ce iour tant de besongne
Que ie suis asseuré que ne verriez de l'an,
Ny de vostre viuant vostre fameux Soldam.

Sarono premier Sattrape.

Nous luy annoncerons encor vostre menace,

Et ces discours naiflans de voftre fiere audace.

Flodoar Capitaine.

Taifez-vous fripponniers, affommeurs de chappons,
Mon Dieu ou font mes gens auec leurs auirons
Qui ne viennent icy, & ne prennent à l'attrape
Ces traiftres eshontez & malheureux Sattrapes.

Raphin fecond Sattrape.

Cheminez, cheminez, vous eftes trop ofé,
Il vaudroit mieux pour vous que n'eufiez tant caufé,
Car vous en fouffrirez vn fi cruel martyre,
Qu'on n'en fçaura iamais la cruauté predire.

Sarono premier Sattrape.

Si ce fin efpieur admiroit le Soldam
Il ne parleroit pas fi tres-arogamment.

Flodoar Capitaine.

Vous en auez menty, ie ne fuis pas efpie.

Raphin fecond Sattrape.

De le penfer celer c'eft à vous grand folie.

Flodoar Capitaine.

Iamais François ne fut traiftré ainfi comme vous,

Sarono premier Sattrape.

Bien, bien, nous le fçaurons, cheminez fans courroux.

SCENE II.

Le Soldam, Bofphoron Lieutenant, Flodoar Capitaine.

Le Soldam.

Infi que le Phenix n'a point d'efgal au monde,
Ainfi fur le plancher de cefte maffe ronde,

Ie suis sans parangon, sans per, & sans pareil
Sur tous les Roys qui vont admirant le Soleil
Que i'adore & cheris ainsi qu'vn dieu celeste
Pour m'aller preseruant de mal & de moleste,
Ie suis vn Aigle agil qui vollant dedans l'air
Soustient le foudre ardant lance de Iupiter.
Ie suis vn Annibal, voire vn vray Alexandre,
Car ainsi comme luy i'ay faict mon nom entendre
Par le vaste contour de ce grand vniuers;
Les palmes, les Lauriers, & mille vœux offerts
A mon celebre nom, & à ma saincte gloire
Aux autels reuerez du temple de memoire,
Tesmoignent sur ce rond couronné des hauts cieux
Assez combien ie suis aux combats belliqueux:
Aussi n'y a-il Roy sur ce globe terrestre
Qu'il n'aille obeissant à l'effort de ma dextre.

Bosphoron Lieutenant.

Chacun vous obeyt de verité grand Roy,
Car vous estes des Roys & l'alcide & l'effroy,
Et vos yeux irritez leurs lancent des tonnerres,
Qui les faict fierement bouleuerser par terre,
Alors que tant soit peu ils vous vont irritant:
Bref les peuples vous vont comme vn Mars redoutant
Reserué seulement les faux Chrestiens iniques
Qui veulent effacer vostre nom magnifique.

Le Soldam.

Ie les garderay bien d'obscurcir mon renom
Marqué en lettre d'or d'vn immortel crayon
Dans le temple des dieux, mais, he! que dois-je faire
De ce Chrestien rusé, perfide & temeraire,
Qui est venu icy espier mes pays

Comme firent les gens iadis du grand Louys.

Bosphor ou Lieutenant.

Il le faut escorcher & mettre sur la grille,
Ou luy faire aualler du vinaigre & de l'huille
Auec du plomb fondu, si c'est vn espion
Venu pour figurer le plan de Babylon.

Le Soldam.

Qui t'a dis amené, ô miserable esclaue
En ce lieu que le Nil & que le Gange laue:
Respons à mes propos, dis-moy, ô l'inhumain
Quelle est ta volonté & ton secret dessein.

Flodoar Capitaine.

Le vouloir, le dessein, le subiect & l'enuie
Qui ma faict delaisser ma fameuse patrie,
Estoit pour voir le monde & non pour autre effect,
Partant, si vous trouuez que i'aye aucun tort faict
Faictes moy chastier par l'aigreur d'vn supplice

Le Soldam.

De quel art excellent, ou de quel exercice
Te vas-tu en ta terre ou pays d'emellant.

Flodoar Capitaine.

Ie fay de grosses Tours, des Pallais triomphans,
Des Chasteaux sourcilleux, des Arsenacs, des Louures
Où milles inuentions artistes se descouurent.

Le Soldam.

Voudrois-tu m'eriger pour acheter ta mort
Vn Chasteau imprenable assis dessus le bord
Du clair viste courant & violent Euphrate,
Ainsi que ie le vais despeindre en ceste carte?

Flodoar Capitaine.

Ouy, Sire s'il vous plaist,

Le Soldam.

Mais en combien de temps?

Flodoar Capitaine.

Ayans des materiaux de ce iour à six ans.

Le Soldam.

Six ans, ô l'impudent, ô le sot mal habille,
Hé quoy i'aurois basty en six ans vne ville,
Ayant du Cayre exquis les grands compartimens.

Flodoar Capitaine.

Il faudroit donc grand Roy auoir autant de gens
Que l'on voit de poissons dans le seiour humide,
Et d'agilles oyseaux dans la plaine liquide,
Et si ie ne sçay pas s'ils la pourroyent bastir.

Le Soldam.

Escoute, il ne faut point tant de mots repartir,
Tu n'auras que deux ans pour faire ton ouurage.

Flodoar Capitaine.

C'est vn petit trop peu donnez m'en d'auantage.

Le Soldam.

Tu n'auras pas vn iour auec le temps parfaict,
Et si le temps finy, si ton œuure n'est fait
Tu mourras d'vne mort la plus fiere & cruelle
Qu'on inuentast iamais sous la voute eternelle.

Flodoay Capitaine.

Faictes donc, ô Soldam pour esuiter ces maux
Que ie ne manque point d'outils & materiaux.

Le Soldam.

Tu n'en manqueras point, va faire la trenchée,
Et n'ayes de ce soin ta pensée empeschée.
Bosphoron allons donc d'vn pas gay & leger
Apprester des outils à ce gentil ouurier

Qui veut faire vn Chasteau à la façon de France.

Bosphoron Lieutenant.

Ie n'ay pas, ô Souldain en mon cœur esperance
Qu'il acheue cest œuure en si petit de temps.

Le Soldain.

Si elle ne l'est pas, ny aura nul tourment
Que sur son corps chetif iroie ne desploye
Pour faire à son esprit d'enfer prendre la voye.

ACTE DEVXIESME.

SCENE I.

Sarono, Raphin.

Sarono.

ALlons Raphin, allons encor sur ce rocher
Voir si descouurirons quelque nef sur la mer
Ou quelques espieux guignant ceste prouince
Pour apporter du mal au Soldain nostre Prince,
Mais à propos Raphin à il mis prisonnier
L'espion par nous pris au bord de ce grauier:

Raphin.

Nenny, car Sarono, sa Majesté supresme
Ne le veut prodiguer au mains de la mort blesme,
Mais afin de franchir la parque & le tombeau
Dessus le bord d'Euphrate il doit faire vn Chasteau
Le plus fort qu'il soit point de ce lieu à la France
Pour loger des Soldats & faire resistance

Au Tartare ennemy & au Scythe inhumain
Sans qu'vn autre que luy il mette encor sa main.

Sarono premier Sattrape.

Combien a-il de temps pour faire cest ouurage

Raphin second Sattrape.

Deux ans ou enuiron.

Sarono premier Sattrape.

Ha! c'est vn fol ie gage
Qu'il ne l'aura pas faict de ce iour à quinze ans.

Raphin second Sattrape.

Ce qu'il en faict ie croy est pour gaigner le temps,
Car s'il ne l'eust ainsi promis à nostre maistre
Il ne seroit ja plus sur ce globe terrestre,
Et si s'il ne s'est parfaict le temps estant finy
Il sera du Soldam cruellement puny.

Sarono premier Sattrape.

Cest ouurage est vn roch du tout innacessible,
Et il seroit, Raphin, cent fois plustost possible
D'espuiser l'Occean où d'arrester les vents
Que de faire vn tel œuure en si petit de temps.

Raphin second Sattrape.

Le Soldam, Sarono, est fol aussi ie pense,
De penser que l'on puisse vn Chasteau d'apparence
Ainsi qui le requiert en si peu ouurager.
Ha! ie m'en vay ce iour par mon ame gager:
Voire mon bleu Turban auec ma teste ronde,
Que ie ne donnerois pour tout l'or de ce monde
Qui n'aura de vingt ans cest ouurage accomply.

Sarono premier Sattrape.

Il trauersera donc le noir fleuue d'oubly,
Car le Soldam a faict vn grand serment celebre

B

De l'enuoyer passer la riuiere funebre
S'il ne tient le marché ainsi qu'il l'a promis.

Raphin second Sattrape.

Si cela ne se fait ils ne seront amis,
Mais le tout balancé vn personnage en somme
Ne sçauroit tant ouurer comme feront cent hommes,
Hé! pensez-vous aussi que cest homme seullet
Rende ce grand ouurage accomply & parfait
En deux ans seulement où il en faudroit mille,
Non, non, c'est vn project ce me semble inutille.

Sarono premier Sattrape.

Face ce qu'il voudra ie ne m'en donne esmoy,
Il n'y va de mon bien, il n'y va rien de moy,
Parquoy ie ne lairray à boire à tasse plaine
Tant que ie troqueray vin ou parrochimaine,

Raphin second Sattrape.

Allons, viens-en gouster, mon amy, Sarono,
I'en ay encor chez moy plain vn petit barot.

Sarono premier Sattrape.

Allons, ie suis en train, & veux ce iour tant boire
Qu'il en sera au monde à tout iamais memoire.

SCENE II.

Flodoar Capitaine, Le Soldam.

Flodoar Capitaine.

Mon Dieu en quel gouphre & abysme estrange
Me suis-je aueuglement ainsi venu plonger,

Helas hé falloit-il apres tant de passages
Passez me venir mettre en ces cruels cordages,
Hé ! que ne suis-je au creux d'vn obscurcy tombeau,
Helas! qu'ay-je entrepris, ie dois faire vn Chasteau
En deux ans seullement dont ie suis en mal-aise,
Car cent ne sçaurois pas l'auoir basty en saize,
Et l'object qui m'a fait cest accord accorder
D'autant qu'il n'est rien plus que la vie en ce monde,
Helas! i'ay eschappé cent fois la mort sur l'onde,
Helas! i'ay terrassé de Neptun les boüillons,
Les escueils, les rochers, les bancs, & les poissons,
Et suis venu icy me prendre à la fillace
Comme les lamprions qui ce lancent à la nasse,
Helas! ie suis venu malheureux m'esclauer,
Imitant celuy-là qui se pensant sauuér
D'vn petit fleuue ondeux ce pert en vne abysme,
Ie ne ferois pourtant de tout cela estime
Si ie pouuois bastir le grand Chasteau exquis
Auant le temps finy comme ie l'ay promis,
Mais las! ne le faisant i'ay dans moy grand doutance
Que ie n'aye la mort pour toute recompence,
Helas! hé falloit-il si loing venir mourir!
Helas! qui me viendra au besoin secourir,
Mes gens sont morts ou pris par ces cruels Sattrapes,
Foy que ie dois à Dieu, si quelqu'vn i'en attrape
Ils maudiront le iour & le sort destiné
Qu'ils m'ont en cest endroit malgré moy amené,
Mais ce n'est pas le tout il faut prendre courage
Et tascher d'acheuer mon excellent ouurage,
I'ay ia bien commencé car i'ay fait vn circuit

B ij

Où l'on voit ja planté des pierres vingt & huict.
Sus, sus, acheuons donc ce Chasteau necessaire,
Le commencer n'est rien mais le tout est parfaire,
Puis si le Soldam vient & ne me trouue pas
A cimenter la pierre ou ioüer du compas,
Il me fera bailler maint coups de bastonnades
Et ie n'ay pas apris dancer telles gaillardes.
Sus, sus, cheminons donc à nostre bastiment
Pour esuiter l'effort d'vn si dur chastiment,
Car mon dos n'a apris receuoir tel orage,
De vray on ne sçauroit en faire d'auantage
Aux chiens qui auroyent pris secrettement le lard:
Hors, hors, de ce ieu là, i'en vais donnant ma part
A cil qu'il la voudra sans payer nulle chose.
Ha! voicy le Soldam qui quelque mal propose,
Il me faut retirer, acheuer mon Chasteau.

Le Soldam.

Du lambris estoillé le ce leste flambeau,
Voit-il rien de plus grand en tournoyant sa ronde,
Et de plus excellent qu'vn Soldam en ce monde
Dont la dextre qui peut le tonnerre arrester
Se lasse en l'Vniuers de vaincre & de dompter,
Comme d'auoir le chef orné de tant de palmes,
Et de tant de lauriers acquestez par les armes:
Aussi ie veux de bref esleuer vn autel
A chaque coin diuers de ce globe mortel,
Car les angles sans plus tesmoigneront mes bornes,
Comme au Gadiquain faict d'Hercul les colomnes:
Mais tout beau il faut voir vn petit nostre ouurier
Pour voir & admirer si sçait bien son mestier,
D'autant que du depuis qui me fit la promesse

De me baftir en bref vne alme forterefle,
Ie ne l'ay, par mes dieux, ne veu, ne r'encontré,
Dequoy ie ne luy fçay tant foit petit de gré.
Allons donc voir auant que de reprendre mon erre
S'il connoit quelque chofe à tailler de la pierre.

ACTE TROISIESME.

SCENE I.

Turly premier manouurier, Vandalon fecond manouurier.

Turly.

Vs, allons, Vandalon, porter agillement
Cefte blanchaftre chaux, & ce moüillé cyment,
Au pauure Flodoar, qui le Soldam detefte,
Ne pouuant en deux ans fa tour rendre parfaicte.
Aux dieux qu'il eftoit fol, & comblé de terreur,
D'aueuglement, de rage, & d'obfcure efpoiffeur,
Alors qu'il s'obligea au Soldam inuincible
De faire ce Chafteau qui ne luy eft poffible.
Ha! ie croy fur ma foy que ce plaifant ouurier
Voudroit au dos auoir du (cretois) Charpentier
Les aifles encirées pour franchir cefte terre,
Et prendre ainfi que luy dedans les airs fon erre.

Vandalon.

Ie croy, & gageray mon bonnet bigarré,
De bleu, de gris, de blanc, & de rouge paré,
Mes bottines de cuir, mon coufteau, & ma hotte,

B iij

Voire vray'ment, Turly, la teste que ie porte
Qui voudroit onc n'auoir commencé ce Chasteau
Et qu'en naissant sa mere eust esté son tombeau,
Entendu qu'il sçait bien quelque chose qu'il fasse
Qu'il faut qu'en ce pays tristement il trespasse,
Et que ces yeux iamais de leur viue clarté
Ne verront le pays où il fut allaicté.

Turly.

Cela est bien certain, mais allons le voir faire,
I'ay peur qu'estant tout seul il ne se desespere.

Vandalon.

Allons, il pourroit bien faire vn tour au Soldam,
Et ce laisser tomber de son neuf bastiment,
Où faire vn trou dans l'eau du clair fleuue d'Euphrate.

Turly.

I'ay peur que mort ou vif de nous il ne s'escarte,
Et ne laisse au Soldam son Chasteau imparfait.

Vandalon.

I'ay peur (non pas) Turly, qui le rende parfait.

SCENE DEVXIESME.

Flodoar Capitaine, Pharos demon infernal.

Flodoar Capitaine.

Dieu qui tout obiect peux du haut ciel parfaire,
Qu'ay-je, helas! entrepris, qu'ay-je entrepris!
He! que ne faisois-tu m'inhumer dans Thetis,   (faire
Plustost que d'aborder en ce meschant pays.

Voire me deuorer des Baleines humides,
Où des Tygres qui font dans les deferts arides.
Helas! Soleil qui peut ma grand triftesse voir,
Qu'ay-je entrepris de faire en ce meschant terroir.
Helas! i'ay entrepris, clair flambeau qui rayonne
De baftir vn azille, ou Tour de Babylonne,
Que feul ie pourray rendre en fon luftre parfait,
Quand ce rond, par Vulcain, s'admirera parfait?
Mais qui feroit ça bas, l'homme expert & habille
Qui feroit en deux ans vn fi puiffant azille;
Il ne s'en puis trouuer dont i'entre en defconfort,
Car ne l'acheuant pas ie fçay que ie fuis mort,
Et que tous les ioyaux & perles de l'Indie
Des mains du faux Soldam ne fauueroyent ma vie:
He! que feray-je donc à ce trifte malheur
Qui me va coup fur coup accablant de douleur,
Voire ainfi qu'yne foudre ou funefte tempefte
Efcrazant le fommet de mon inique tefte.
He! que feray-je donc à ce deftin felon,
Sortez, manes fortez, du bourbeux Acheron,
Sortez, efprits fortez, fortez hydeux fuccubes,
Sortez, demons vollans, & bazanez incubes:
Venez, fatales fœurs, & venez m'afsifter,
Voire en mon defefpoir ayder & conforter,
Venez, venez bourgeois de l'infernalle auerne,
Quittez vos feux ardants, & vos noires cauernes,
Et venez ce iourd'huy eftoupher mes beaux iours
Où fubtils me donner à ma douleur fecours:
Venez, venez, Pharos, c'eft vous que de la bande
Du Stix bitumieux ie defire & demande:
C'eft toy, c'eft toy, Pharos, qui me peux alleger:

Voire ce grand Chasteau en bref temps eriger.
Viens donc, quitte l'enfer, au crouassant murmure
Puisque desesperé ie t'inuoque & coniure?

Pharos.

Hé! que demandes-tu, qui te faict si hardy
De troubler mon repos comme vn lourd estourdy?
Pourquoy m'inuoques-tu de ce mortel empire:
Hé! bien, que me veux-tu alleguer ou predire.

Flodoar Capitaine.

Puisque tu as quitté ton obscur cauerneau,
Ie veux que tu m'assiste à bastir ce Chasteau
Tant qu'il soit acheué d'icy à six semaines,
Afin d'enseuelir mes trauaux & mes peines,
Te donnant neant-moins quelque honneste guerdon.

Pharos.

Ie n'ay pas delaissé l'infecté Acheron,
Les trouppes des damnez, & maint cruel supplice
Pour venir en ce lieu te sacrer mon seruice
Sans receuoir de toy salaire & payement.

Flodoar Capitaine.

Vous parlez, mon amy, tres raisonnablement.
Or bien quel don exquis, ou quel present supresme
Desirez vous de moy?

Pharos.

Ie demande toy mesme
Pour bastir le Chasteau ensuyuant ton desir.

Flodoar Capitaine.

Si vous faisiez cela vous me feriez plaisir,
Mais de me demander c'est trop pour cest ouurage,
Si vous vouliez de moy quelque plus petit gage
Ie vous le donnerois pour ceste œuure auancer,

Mais de me demander c'eſt vn preſent trop cher,
Car l'on puit des maſſons trouuer à meilleur conte.

Pharos.

Quand tu irois d'icy à la mer d'Helleponte
Voire au lict de Titan ou au fleuue Egeon,
Tu ne trouuerois pas vn plus ſubtil maſſon
N'y artiſte artiſan car par mon chef ie gaige,
Que ie rendray parfaict dans trois iours ton ouurage
Ce que tu ne ferois de ce iour a mille ans,
Hé ! penſes-tu auoir le trauail des ſçauans
Comme cil des groſsiers non c'eſt pure folie,
Regarde ſi tu veux donc me donner ta vie
Que le Soldam de bref doit offrir au tombeau,
Ne luy acheuant pas dans le temps ce Chaſteau.

Flodoar Capitaine.

Non, non demandez moy pour ma vie autre choſe.

Pharos.

Ie ne veux rien ſinon que ce que ie propoſe,
Si tu n'es pas d'accord cherche des artiſans.

Flodoar Capitaine.

Vous la donnant combien viuray-ie encore d'ans?

Pharos.

Dix, auſquels tu viuras en ce monde en ton aiſe.

Flodoar Capitaine.

Nó ce terme eſt trop court, i'en veux viure encor ſaize
Et auoir les objects que ie vais declarer.

Pharos.

Propoſez Flodoar ie vous orray parler.

Flodoar Capitaine.

Premierement ie veux pour m'abſenter de peine
Qu'ou rendiez le chaſteau tout preſt dans ſix ſepmai-

nes,
Et que de ce païs vous me portiez dehors
Apres auoir pillé du Soldam les tresors,
Et occis les gloutons ou malheureux Sattrapes
Qui me prindrent hardis en leur subtille attrappe,
Sans pendant les saize ans manquer d'aucun objet
Car lors que ie voudray auoir quelque projet,
Tant soit-il rare & grand, ou comble d'excellence,
I'entends que ce marché soit de nulle puissance
Si ie ne l'ay subit selon ma volonté

Pharos.

Non, il n'y aura rien entre nous d'arreté
Si selon vostre vueil ie ne vous puis complaire:
Mais pendant il vous faut vne obligation faire,
Comme vous vous donnez a moy totallement
En vous obeissant comme il faut humblement.

Flodoar Capitaine.

I'en demeure d'accord, mais ne treuez estrange
Si i'en veux auoir vne aussi en contrechange:
Car il n'est pas raison n'estant pas satisfait
Que vous ayez ainsi de la sorte mon fait.

Pharos.

Hé auez vous de moy Flodoar defiance?

Flodoar Capitaine.

Nenny mais cet escrit sera pour asseurance
Et pour monstrer comment vous m'estes obligé,
Comme vous monstrerez que ie me suis rangé
Dessous vostre vouloir.

Pharos.

Vous sçauez la chicane.

Flodoar.

Vous y estes sçauant, mais ie ne suis qu'vne asne
Non plus qu'estoit Midas: mais ô! Pharos pourtant
Ie ne suis pas si lourd si sot & ignorant,
Que de m'offrir à vous par vn certain mememoire
Si vous ne m'asseurez d'estre au bas territoire,
Encor saize ans entiers plain de vie & santé
Et d'auoir tout object selon ma volonté.

Pharos.

Vous pensez me tromper?

Flodoar.

Qui tromperoit le diable?
Il faudroit que ce fut vn docteur admirable.

Pharos.

Vous faites l'eloquent, le fin & l'empesché
Neant-moins pour tenir, Flodoar, le marché,
Que nous auons taillé de pure conscience,
Voila vn bref escrit pour la vostre asseurance
Donnez-moy donc subit vostre obligation?

Flodoar.

Or tenez la voila.

Pharos.

Vous estes bon garçon.

Flodoar.

Gardez bien de manquer a la vostre promesse
Pourtant si vous sçauez plus que moy de finesse
Car ie sçay le moyen de vous bien attrapper.

Pharos.

I'aymerois mieux mourir que penser te tromper,
Et pour tenir ma foy allons d'vn pas agille
Acheuer le Chasteau du Soldam mal habille,

Iè peux faire en vne heure vn Cayre tout nouueau,
Ainſi comme en vne heure abyſmer & deſtruire
Babylon & ces tours & ce mondain Empire.

Flodoar Capitaine.

Ie croy bien que tu ſois vn expert batiſſeur
Mais tu es mille fois plus adextre menteur.

SCENE III.

Le Soldam , Boſphoron

Le Soldam,

MAis comment Boſphoron quelle eſtrange mer
ueille
Vient aſſouſpir mes ſens & charmer mon oreille,
Quel obſtacle hideux, hé quoy qui euſt penſé,
Que ce Maſſon là eut en ſi peu aduancé,
Ce celebre Chaſteau, vray’ment ie m’en eſtonne
Car deſ-ja ſa hauteur ſurpaſſe Babylonne,
Sy mes yeux ne ſont plains d’extreſme aueuglement:
Mais n’eſt-ce point auſſi par art d’enchantément
Qu’il baſtit, *Boſphoron,* ſi dru ſi grand ouurage?

Boſphoron Lieutenant.

Soldam à qui le monde & les Roys font hommage,
Si vous eſtes de voir ce Chaſteau eſtonné
Ie ne ſçay ſi ie ſuis dedans l’vniuers né,
Si ie dors, ſi ie vis, ou bien ſi ma paupiere
Admire de Titan la brillante lumiere,
Tant ie ſuis comme vous comblé d’eſtonnement.

Hé quoy & d'où prouient ce grand aduancement
Il n'y-a pas trois iours que cet illuftre ouurage
Ne montoit feulement qu'a deux ou trois eftage
Il a depuis ce temps grandement trauaillé.

Le Soldam.

Par les Dieux (Bofphoron) i'en fuis efmerueillé
Et ne puis que penfer, augurer ne predire.

Bofphoron.

Ce n'eft pas fans fujet! ô magnanime Sire,
Veu que ià ce Chafteau efleue audacieux
Son celebre fommet vers la voute des Cieux
Hà! ma foy cet ouurier eft en fon art habille.

Le Soldam.

Il ne s'en peut trouuer çà bas de plus agille,
Ni de plus excelent: car les manes d'Enfer
N'en fçauroient en fi peu tant que luy eftofer,
Dequoy ie fuis deceu car i'auois bonne enuie
N'acheuant fon deffein de dedier fa vie
A la Deeffe Ifis, mais puis qu'elle à permis
Qu'il ait effectué l'objet qui m'a promis,
Ie veux femblablement luy tenir ma promeffe.

Bofphoron.

Vn Roy ne doit iamais auoir l'ame traitreffe,
Ains doit effectuer royallement l'object
Et le don precieux que fans force il promet
Quand ce ceroit à ceux qui luy feroient la guerre.

Le Soldam.

Hà! le Ciel azuré, l'air, la mer & la terre
Coniurent mon trefpas (mon amy Bofphoron)
Ou ie fois abyfmé au fleuue d'Acheron,
Voire au cocite obfcur, ou aux auides flames

Où des malheureux font les execrables ames.
Sy l'ay d'autre defir ou deffein dedans moy
Que de luy maintenir ma promeffe & ma foy.

Bofphoron.

Cela puiffant Soldam accroiftra voftre gloire.
Voire vous fera viure au temple de memoire
Malgré le fort le temps & le tartare infait.
Mais allons vn peu voir fi noftre œuure eft parfait.

Le Soldam.

Allons ie le veux bien c'eft toute ma lieffe,
Que deflancer mes yeux fur cefte fortereffe.

ACTE IIII.

SCENE PREMIER.

Turly , *Vandalon.*

Turly.

E voudrois tant ie suis trauaillé de porter
Que le diable voulut le Maffon transporter,
Hors de ce païs cy : car a iamais ma vie
Ne fût de tant de maux, ne de tourmens fuiuie,
Depuis que ie fuis né qu'ell' eft or Vandalon,
Depuis que ce François admirable maffon,
Eft venu par deçà commencer cet ouurage
Où nous fommes recrus ainfi qu'au labourage.
Encor cet ouurier en fon commencement
Ne nous donnoit point tant de trauail & tourment,

Comme il fait maintenant acheuant son affaire:
Hé quoy! on ne sçauroit tant de cyment deffaire,
Ni tant de bloc porter qu'il ne l'aille auoüant
Ce fait, par nos grands Dieux me va tout estonnant,
Et croy pour n'en mentir que quelque horrible diable
Luy est, ô ! Vandalonen, ce fait fauorable.

Vandalon

Ie ne sçay, mais (Turly) i'aymerois mieux cent fois
Nombrer tout a loisir les fueillages des bois,
Les estoilles des cieux, ou bien l'Arene humide
Ou arrester les vents courans dans l'air liquide
Que seruir ce Masson : car par ma foy mon corps
A force de porter, est tout bossu & tors,
Et faut que cet ouurage en bon escient ie quitte
Et que ie prenne ailleurs incontinent la fuitte :
Car ie ne puis, Turly, à cela resister.

Turly.

Il faut, (ô Vandalon)encor patienter,
Pour vn petit de temps & courage reprendre :
Car ie croy que nostre homme ainsi que puis entendre
Acheuera ce iour donc ie suis plus content,
Que si on me donnoit les thresors d'Orient :
Car i'aymerois autant endurer les supplices
Des enfers que vacquer en ces durs exercices.

Vandalon.

Vertu-bleu quel Masson, quel abisme d'ouuriers,
S'il s'en voyoit beaucoup de-mesme en ces cartiers,
Le Soldam dont la gloire en l'vniuers fleuronne,
Auroit bien-tost basty la sœur de Babylonne.

Turly.

Allons despechons-nous, nous n'auons que tarder,

Ce diable va criant ià def-ja du mortier.

Vandalon.

Allons, que les demons dedans l'enfer l'emporte,
I'ay le dos tout rompu de porter de la forte.

S C E N E   I I.

Flodoar Capitaine. Pharos Demon infernal.

Flodoar.

R puis que nous auons ce chafteau acheué
Et fon chef fourcilleux iufqu'au ciel efleué,
Il faut de nos haineux abfenter la prefence
Et aller reuoir l'air du doux païs de France.
Il faut (dif-je) reuoir ma chere nation
Et quitter ce Soldam plus cruel qu'vn lyon,
Voire qu'vn ours felon, ou que quelque tigreffe:
Mais ne m'auiez vous pas ô ! Pharos fait promeffe
De me rendre vengé d'vn courage animé
De ceux qui m'ont icy malgré moy amené?

Pharos.

Cela ce voit efcrit amy en noftre roolle
Auffi l'effait de pres à fuiuy la parole;
Car de mes propres mains d'vn courroux dereglé,
I'ay les Sattrappes noirs occis & eftranglé,
Et pillé du Soldam la richeffe Royalle
Et ces perles qui n'ont en l'vniuers d'egalles,
Ces fplendilles diamants, ces lucides rubis,
Sa brillante efcarboucle & agathes de prix,

Se

Ses vermeils grenadins, & ces belles topasses,
Et tout ce qu'il auoit de plus rare en ces casses.

Flodoar Capitaine.

Dieu que tu es expert, adextre, caut & fin
A seduire le monde & commettre larcin,
Iamais Mercure n'eust, Pharos, dans sa ceruelle
Tant de sens, tant d'esprit & subtile cautelle
Que tu me vas monstrant par ton habilleté.

Pharos.

Hé! qui pourroit passer sur ce rond habité,
La finesse & les tours, & la puissance rare
D'vn demon bazané citoyen du Tartare.

Flodoar Capitaine.

Les diables sont ruzez cela est tout certain,
Car n'esperant plus rien du moteur Souuerain
Ils ne font que songer en l'infernal empire
Quel vol ou assasin il nous pourront prodire.

Pharos.

Tu dis vray quelquesfois ie fay autruy leuer
Pour aller ses voisins en secret desrober,
I'incite à paillarder, i'excite l'auarice,
I'inuente les procez pires que les supplices,
Ie fais autruy occir, ie grossis les torrens,
Ie fais dedans les airs s'entre-choquer les vents,
Ie fais perir les nerfs, i'ameine les tempestes,
Et les foudres qui vont des rocs brisant la teste,
I'attize les debats, i'enflamme l'vniuers
De brandons infernaux, & d'agilles esclairs:
Bref, ie produis an monde vn Occean de vice,
Vn arsenac d'erreur, vn gouphre de malice,
Et maints autres objects que ie ne veux nommer,

C

Ie me ris quand ie fais le Sauueur blaſphemer,
Mais ſur tout ie me plaiſt quand quelqu'vn le renie
Ou me va dediant & ſon ame & ſa vie:

Flodoar Capitaine.

Ha mais dis moy, Pharos, tu me rends eſtonné,
Ie ne t'ay pas mon corps & mon eſprit donné,
Ie ne t'ay qu'obligé par vn poinct neceſſaire
Mon corps ayant de toy extreſmement affaire,
Lequel ie veux de toy de ceſt or racheter?

Pharos.

Tu as de la raiſon il te faut eſcouter,
Mais viens-ça, n'as-tu point, dy moy plus de ſcience,
Plus d'eſprit, plus de grace, & plus d'experience
Que penſer pour de l'or t'abſenter de mes mains
M'oppoſant ces ioyaux & ces threſors mondains,
Va, va, ie ne ſuis point aueuglé d'auarice,
Car les threſors ſont miens, mais ie prends ma delice
A tromper les mortels, & quand quelqu'vn i'ay pris
I'en fais trop plus d'eſtat que ſi i'auois conquis
Le rond de l'vniuers, & tout l'or que la terre
Origine des maux dedans ſes flancs enferre,
Partant ne penſe point de mes lacs eſchapper,
Ny en faiſant le fin pour de l'or me tromper.

Flodoar Capitaine.

Ie ſçais que ie ſuis pris de la meſme maniere
Que l'on ſurprend le rat au creux de la ratiere,
Mais auſſi pour cela tu m'as, Pharos, promis
Que tous objects ſeront entre mes mains commis,

Pharos.

Il eſt vray, Flodoar, ie le promets encore.

Flodoar Capitaine.

Or ny manque donc pas, mais pendant que l'aurore
De son front saffrané nous va ouurant les cieux,
Transporte moy, Pharos, subit hors de ces lieux,
Car si le grand Soldam qui gouuerne l'Egypte
Alloit voir ces diamants, ou bien ces chrisollites
Et les ne trouuit pas, nous serions, ô Pharos,
En extresme danger.

Pharos.

Monte dessus mon dos,
Il sera bien expert si nous prend à la queste.

Flodoar Capitaine.

Il vous aduient fort bien à faire de la beste,
Ie dis du gros cheual ie m'estois mes-jeté.

Pharos.

Vous vous riez encor de vostre pauureté?

Flodoar Capitaine.

Quoy? pauureté, comment, Pharos, ie suis plus riche
Que n'estoit pas Midas le Roy auare & chiche.

Pharos.

Montez, si vous voulez ailleurs vous transporter.

Flodoar Capitaine.

Ne m'allez pas, Pharos, donc dans la mer ietter,
Ou me faire briser les os sur quelque roche,
Car ie vous en ferois quelque iour du reproche
Ou subtil me porter dedans l'enfer ombreux
Pour estre tourmenté auec les malheureux.

Pharos.

Il n'est pas encor temps, montez en asseurance,
Car ie vous veux porter sain & sauf dans la France.

Flodoar Capitaine.

Hur-hau, n'allez si fort.

C ij

Allons, n'ayez soucy
Nous serons au pays dans vne heure d'icy.

SCENE III.

Le Soldam, Bosphoron Lieutenant, Le Courrier.

Le Soldam.

HA! immortelle Vpis, faut-il que la fortune
Me soit de la façon si aigre & importune,
Faut-il que ce volleur, ô astres irritez
Ait mes rares thresors & ioyaux emportez?
Comment celebres dieux, qu'elle rage despite
Auez-vous ce iourd'huy contre le Roy d'Egypte
Que vous auez permis qu'vn insigne larron
Ayt pillé mes diamans, mon or, & mon renom?
Comment, n'auiez-vous pas la force & la puissance
De faire brauement contre luy resistance,
Ha! ie croy que nenny, que sert de le celer,
L'augure que i'en vois me fait ainsi parler:
Ha! que i'auois les yeux plains de fumée obscure
Quand ie ne sceus preuoir ma ruyne future
Et rostir ce François dans vn feu deuorant:
Ha! si ie le tenois par ce sceptre brillant,
Et ma Couronne d'or, il mouroit d'vn supplice
Qui du fier Phalaris dompteroit à malice.
Mais encor qu'elle part l'a t'on conneu aller,

Bosphoron Lieutenant.

Les diables que ie croy l'ont porté auant l'air
Depuis qu'il a quitté ceste cité faméc.

Le Soldam.

Mais encor son ouurage est tourné en fumée,
Et pour s'estre payé à mesme mon argent
Il n'a rien erigé que par enchantement?

Bosphoron.

Faictes-le pourchasser par toute vostre terre.

Le Soldam.

Sus, prenez cent Soldats, courier & tous d'vne erre,
Cherchez en tous endroicts cest horrible voleur,
Afin d'auoir tousiours ma grace & ma faueur,
Car cil qui le prendra d'vn belliqueux courage,
Aura pour son guerdon ma niepce en mariage,
Et tant d'or que iamais il n'aura pauureté.

Le Courrier.

Sire, pour accomplir la vostre volonté
Ie m'en vais au logis m'atourner de mes armes,
Et faire tenir prest cent illustres gensdarmes
Adrois & aguerris, car mon plus cher desir
Et mon plus graue esbat est de vous obeyr.

Le Soldam.

Va, & mets en effect ceste braue entreprise
Pour expert l'attrapant auoir part à la prise;
Cependant au Pallais retournons promptement
Pour voir si du François nous orrons quelque vent.

ACTE CINQVIESME.

Flodoar Capitaine, Pharos demon infernal, Lucifer.

Flodoar Capitaine.

Dieu! qui pour nos maux & peruerſes offences
Sur nos coulpables chefs mille tourmens eſlances
Qui fais entre-choquer les vents dedans les airs
Trembler ce rond mortel, & eſleuer les mers
Comme rocs ſourcilleux iuſques aux brillans aſtres.
Qui nous vas prediſant les guerres & deſaſtres
Par des lances de feu, ou vn Comette affreux
Qu'il te plaiſt attacher dans la voute des cieux
Par des desbordemens & des progenitures
Qui font honte & horreur à la mere nature.
O Dieu! triplement ſainct, ô! graue Architecteur,
Qui d'vn ſeul doigt ſouſtiens d'Opis la peſanteur,
Aſſiſte moy ce iour, las! puis que ie t'inuocque,
Et pour mes vils pechez ton ire ne prouoque
En l'encontre de moy, car ô! Diuinité
Ie connois, mais trop tard, que ie t'ay irrité,
De vray mon Createur, c'eſtoit en vn affaire
Où ie n'eſperois rien que la mort pour ſalaire,
Mais ores que ie ſuis en heur & en repos
Fais moy franchir les fers de l'infernal Pharos,
Lequel i'ay inuocqué en mon ſecours peu ſage;
Deliure moy ô Dieu! dis-je, de ſon cordage,
Et pour grace & guerdon tant que ſeray viuant
Ie chanteray l'honneur de ton nom triomphant,

Sus doncques, il me faut fous l'abry de ton aifle
Appeller ce demon, pipeur & infidele,
Afin de recouurir ma chere liberté,
Sus, venez cy, Pharos, faire ma volonté
Autrement vous aurez du bafton fur l'oreille.

Pharos.

Que me demandes-tu ? voicy grande merueille
Qu'alors que ie fuis preft de faire aucun pecher,
Tu m'appelle toufiours afin de m'empefcher,
Hé bien! que me veux- tu ? que defire tu faire?

Flodoar Capitaine,

Quoy? il femble, Pharos, qu'ou foyez en colere
A vous voir refonner comme vn pourceau grondant,
Et qu'auez-vous au ventre ainfi qu'il va roulant,
Il paroift qu'ou ayez dans le cœur quelque fieure
Car vous tremblez ainfi qu'vne volage cheure:
Or ce n'eft pas le tout vous eftes mon vallet,
Et pour tel ie vous tiens mieux que par le collet,
Vous vous eftes obligé vers moy, de me complaire
En tout ce que voudray fonger & faire faire,
N'eft-il pas vray, Pharos?

Pharos.

Ouy, cela eft ainfi,

Flodoar Capitaine.

Or ie veux maintenant que tu ayes foucy
De me faire vn object que ie veux & defire
Pour ma commodité.

Pharos.

Propofez voftre dire,
Et vous ferez feruy ains que fine le iour.

C iiij

Flodoar Capitaine.

Ie veux que tu baſtiſſe en ce lieu vne tour
Dont le pied ſoit aſsis dedans l'auerne obſcure,
Et le feſte eſleué iuſques en la vouture
Où preſide le Roy qui nous va preſeruant,
Et que ſans nul delay ſubtil tu l'aille emplant
D'eſcus & piſtolles ſans illuſion vaine,
Car ſi ſelon mon vueil elle n'eſt faicte & pleine
Ie te feray frotter ainſi qu'vn chien maſtin.

Pharos.

Mais parlez-vous François, Grec, Hebreu, ou Latin,
Ie n'entends point cela, & ne le puis comprendre?

Flodoar Capitaine.

Si vous eſt-il beſoin neant-moins de l'apprendre,
Car i'entend retirer mon obligation
Si vous n'executez prompt mon affection.

Pharos.

Voullez-vous que ie face vne choſe impoſsible?

Flodoar Capitaine.

Rends là ſi tu la puis, & facille & poſsible,
Il ne m'en chaut grand'ment, mais toutesfois ie veux
Que tu m'aille erigeant ceſt object merueilleux.

Pharos.

Ie ne ſçaurois ouurer vne œuure ſi tres grande.

Flodoar Capitaine.

Vous deuez obeyr pourtant a ma demande.

Pharos.

Voire, mais ie ne ſuis pour ce fait bon ouurier.

Flodoar Capitaine.

Allez dans les enfers ſçauoir voſtre meſtier,
Car i'entends ma promeſſe au deffaut de ce nulle,

Et veux en bon escient retirer ma cedulle.

Pharos.

Ha! vous ne l'aurez pas pour tous ces differens.

Flodoar Capitaine.

Si auray, Dieu aydant, malgré vos grandes dents:
Partant pensez, Pharos, sur-ce à vostre affaire
Cependant que ie vais en vn lieu necessaire.
Ou ie suis inuité?

Pharos.

Allez, i'y vay penser.

Flodoar s'en va, & Pharos dit:

Il me faut inuocquer le prince Lucifer
Pour me donner conseil & en ce fait m'instruire,
Car des-ja Flodoar ce voudroit bien desdire
De ce que nous auons ensemblement traicté:
Mais qui luy a donné ceste subtillité
De demander cela, ha! cest quelque bon ange
Pour du ciel admirer qu'a mon vueil il se range
Afin de le tirer de la gueule d'enfer:
Mais ce n'est pas cela, sus, sus, ô Lucifer
Delaissez le cocyte, & vos demeures sombreuses,
Les fleaux, les foüets, les feux, les manes & les ombres,
Et venez en ce lieu, eschauffé du Soleil,
Au fortuné Pharos, donner quelque conseil;
Venez, venez, grand Roy de la noire cohorte
Puisque de m'assister ie vous prie & exhorte,
Venez, dis-je venez, prince des noirs cachos
Sur ce vaste element pour secourir Pharos?

Lucifer.

Hé bien! que me veux-tu? quel point t'est salutaire,
Dis moy subitement car i'ay ailleurs affaire.

Pharos.

Ie vous veux demander mon reueré Seigneur
Raifon fus vn obiect qui m'afflige le cœur,
Car le fin Flodoar, teftu comme vne mulle
Indubitablement, veut r'auoir fa cedulle
Si on ne luy baftift la merueilleufe tour
Dequoy ie vous parlay en enfer l'autre iour.

Lucifer.

Ton pouuoir & le mien cela ne peut comprendre,
Car ce feroit vouloir arrogant entreprendre
D'arrefter les autans ou les flots de la mer,
Que de penfer iamais cefte tour eriger.

Pharos.

I'ay grand dueil de cela, mais ie le diffimule,
Hé bien luy remettray-je entre mains fa cedulle,
Il me tient plus lié cent fois que ne le tiens.

Lucifer.

Il te faudroit encor garotté de liens
Eftriller fermement d'icy à fix femaines,
Car au lieu de tromper fubtil la gent humaine
Tu te laiffe attraper ainfi qu'vn renardeau,
Tu t'oblige toy mefme & baille le cordeau,
Dequoy il te faudroit au haut Mon-faucon pendre,
Rebaille luy fon fait, mais tu te peux attendre
D'eftre dans le Senat de noftre noir pallais
Efpoufté cent fois plus qu'vn cheual de relais,
Afin de te monftrer le deu de ton feruice
Ie m'en vais de ce pas affembler la police
Des paluds infernaux pour fçauoir quel tourment
On te doit apprefter pour guerdon iuftement.

Pharos.

Hé! qui eut auguré ceste finesse graue.

Lucifer.

Il n'appartient iamais au diable d'estre esclaue
Ny de s'obliger mesme enuers aucun humain.

Pharos.

Ie pensois l'attrapper par vn subtil dessein,
Mais il ma attrappé par vne autre finesse.

Lucifer.

Allez, allez glouton luy rendre sa promesse
Que iamais en enfer ne puisiez vous rentrer,
Ny bon heur, ny repos en vos iours rencontrer.

Flodoar.

Hé bien! qu'est-ce Pharos, auez vous en pensée
De rendre ma promesse ainsi comme cassée,
Ou si vous desirez me bastir celle tour
Qui aille voisinant les feux du sainct sejour.

Pharos.

Commandez, Flodoar, vn bastiment plus moindre
Car mon pouuoir ne peut à cest ouurage atteindre.
Commandez moy plustost de voller dans les airs,
De fendre les costaux, ou d'irriter les mers,
D'obscurcir le Soleil, de prouocque la foudre,
De mettre les chasteaux, & les pallais en poudre,
D'enfanter des esclairs horribles & hydeux,
De faire cheoir du ciel les flambeaux radieux,
De briser les cyprés, de terrasser les hestres,
Ou de faire trembler ce grand globe terrestre:
Voire encor d'obscurcir la lumiere du iour
Et ne me commandez de bastir ceste tour.

Flodoar Capitaine.

Cest en vain, ô Pharos tout ce que tu propose,
Car ie ne veux de toy ne desire autre chose
Que de voir ceste tour selon ma volonté
Les astres voisiner du ciel astre vouté,
Que si tu ne peux pas parfaire cest ouurage
Rends moy soudain mon fait?

Pharos.

Ne faut tant de langage,
Si ie te rends ton fait quel autre illustre don
Me termineras-tu pour gracieux guerdon?

Flodoar Capitaine.

Ie te termineray mille fieures cartaines,
Et du Bosphore obscur les innombrables peines,
Les foüets, les fleaux, les feux, & les serpens retords
Que les pauures d'amnez supportent sur leurs corps.

Pharos.

Voilà vn beau present, ô parjure infidele
Pour t'auoir racheté d'vne mort criminelle.

Flodoar Capitaine.

C'est toy qui est parjure, ô perfide demon,
Car ne pouuant fournir à mon affection
Tu me contrains briser ma loyalle promesse.

Pharos.

Si tout le monde estoit aussi plein de finesse
Que tu l'es pour ta part nos tenebreux enfers
N'auroyent que faire d'estre à tous moments ouuers.

Flodoar Capitaine.

Rend moy, rend moy mon fait ennemy plain d'audace
Ou ie te donneray de ceste coutelasse
Si grand coup de reuers sur le chinon du col.

Que ie te renuoiray prendre en enfer ton vol.

Pharos.

Tiens, le voila ingrat, tiens le voila fauffaire.

Flodoar Capitaine.

I'ay bieu eu du tourment pour de toy me diftraire.

Pharos.

I'en auray encor plus dans les enfers pour toy.

Flodoar Capitaine.

Va aux rocs, tentateur, reciter ton efmoy.
Va dif-je te brufler dans le feu perdurable,

Pharos.

Adieu traiftre menteur, peifide & excecrable,
Gardetoy bien de cheoir tant foit peu dans mes lacs.

Flodoar feul.

O Monarque diuin dont les brillans efclats
Efclairent le circuit de ce grand territoire,
Benit foit à iamais ton renom & ta gloire
Puifque tu m'as gardé entre tant de dangers,
De ceft orque bourgeois des tenebreux enfers,
Des vagues de Neptun, de la main imployable
Du Roy de Babylon fier & innexorable,
Et de mille malheurs ou ie me fuis trouué,
Et où i'ay ta faueur fainctement efprouué?
Garde moy donc toufiours (ô! Seigneur) de molefte,
Et me donne à la fin le Royaume celefte.

FIN.

www.ingramcontent.com/pod-product-compliance
Lightning Source LLC
Chambersburg PA
CBHW071254210626

46818CB00013B/1430